AF363518

CATALOGUE
D'OBJETS D'ART

ET

DE CURIOSITÉ

DONT DEUX TRÈS-REMARQUABLES MANUSCRITS
DU XVIᵉ SIÈCLE

DONT LA VENTE AUX ENCHÈRES PUBLIQUES AURA LIEU

HOTEL DES COMMISSAIRES-PRISEURS

Rue Drouot, 5

SALLE Nº 5

LE LUNDI 6 MAI 1867

A DEUX HEURES

Par le ministère de Mᵉ **JUST BOGUET**, Commissaire-Priseur,
rue Pernelle, 1,
Assisté de M. **GUILLAIN**, Expert, rue Notre-Dame-de-Lorette, 10,
Chez lesquels se distribue le présent Catalogue.

EXPOSITION PUBLIQUE

Le Dimanche 5 Mai 1867, de une heure à cinq heures.

PARIS
RENOU & MAULDE
IMPRIMEURS DE LA COMPAGNIE DES COMMISSAIRES-PRISEURS
Rue de Rivoli, 144

1867

EXEMPLAIRE DE H. STETTINER

CATALOGUE

D'OBJETS D'ART

ET

DE CURIOSITÉ

DONT DEUX TRÈS-REMARQUABLES MANUSCRITS
DU XVI° SIÈCLE

DONT LA VENTE AUX ENCHÈRES PUBLIQUES AURA LIEU

HOTEL DES COMMISSAIRES-PRISEURS

Rue Drouot, 5

SALLE N° 5

LE LUNDI 6 MAI 1867

A DEUX HEURES

Par le ministère de Me **JUST ROGUET**, Commissaire-Priseur,
rue Pernelle, 1,

Assisté de M. **GUILLAIN**, Expert, rue Notre-Dame-de-Lorette, 10,

Chez lesquels se distribue le présent Catalogue.

EXPOSITION PUBLIQUE

Le Dimanche 5 Mai 1867, de une heure à cinq heures.

PARIS

RENOU & MAULDE

IMPRIMEURS DE LA COMPAGNIE DES COMMISSAIRES-PRISEURS
Rue de Rivoli, 144

1867

CONDITIONS DE LA VENTE

Elle sera faite au comptant.

Les Acquéreurs paieront CINQ POUR CENT en sus du prix d'adjudication.

L'Exposition mettant les Acquéreurs à même de se rendre compte de l'état des Objets, il ne sera reçu aucune réclamation une fois l'adjudication prononcée.

DÉSIGNATION

Manuscrits.

1 — *Livre de Chœur*, écrit et peint en Espagne, dans le courant du xvie siècle.

On assure que ce manuscrit a été fait pour les Hiéronymites de Grenade, qui desservaient aussi le couvent de l'Escurial. Quelle que soit son origine; qu'il provienne du monastère de Grenade, comme on le suppose (sans doute par l'étude des prières), ou qu'il ait appartenu à l'église cathédrale de cette ville, sous le gouvernement de l'archevêque (ainsi qu'on peut l'augurer de cette grande et riche initiale peinte, renfermant deux crosses et deux mitres), c'est un monument liturgique des plus remarquables par les nombreuses peintures dont il est enrichi et l'abondance extraordinaire de ses lettres initiales à fleurs et à rinceaux; quelquefois à fond d'or et d'argent, et au nombre, en moyenne, de 5 ou 6 par page.

Depuis le voyage, sous le roi Louis-Philippe, du baron Taylor en Espagne, afin d'y recueillir les objets d'art dispersés çà et là, après la suppression des moines, jamais Paris n'avait vu figurer, dans les ventes, un LIVRE DE CHŒUR aussi extraordinaire.

Au surplus, *il est complet* et se compose de 90 feuillets en peau de vélin épais de 81 centimètres de hauteur sur 58 de largeur. Son poids est aujourd'hui de 14 kilos. On raconte qu'il fallait trois hommes pour le placer sur l'*aigle* ou pupitre des chantres, et pour l'ouvrir quand il était encore pourvu de sa couverture garnie de coins et de lames de vermeil, et de deux fortes statuettes d'argent sur le plat du recto. La reliure proprement dite n'a pas été touchée : les *réclames* indiquent que le texte se suit d'un bout jusqu'à l'autre.

Ces 180 pages, admirablement écrites, sont embellies : 1° par plus de 800 lettres initiales, peintes, de 4 centimètres sur 8; — 2° de 120 initiales plus importantes et plus riches, portant 14 centimètres de hauteur sur 10 de largeur; — 3° par 180 initiales très-grandes ou plus petites, rehaussées de jaune, de vert ou de rouge, qui sont un chef-d'œuvre de calligraphie, et prouvent que l'écrivain l'emporte sur le miniaturiste; — 4° par d'autres initiales moins nombreuses, hautes de 17 à 18 cent. sur 20 à 24 cent. de largeur, servant d'encadrement aux peintures, et qui sont elles-mêmes exécutées avec une rare magnificence.

Nous signalerons surtout, à l'attention des connaisseurs, les lettres initiales des folios 9, 33, 38°, 43°, 51. 59°. 68°; — généralement, celles qui renferment les peintures de grande dimension; — et l'on remarquera aussi, parmi les initiales anthropomorphes et phyllomorphes, celles des folios 22, 24, 24°, 25, 65°, 69, etc.

Mais ce qui distingue ce splendide LIVRE DE CHŒUR, c'est la dimension des peintures proprement dites. Quoique renfermées dans les initiales, ce sont des compositions de grande dimension : 17 c. sur 20, 18 c. sur 19, 24 c. sur 22, etc.; les couleurs sont vives, selon la mode espagnole : c'était d'ailleurs une nécessité pour l'artiste, d'employer des tons rehaussés, à cause de la richesse de l'encadrement et de toutes les autres lettres qui couvrent les pages avec tant de profusion.

Parmi les plus importantes de ces peintures, nous avons distingué les suivantes :

Fol. 9°. LA VISITASION ; 18 c. sur 19.'— En général, dans ce volume, la Vierge est vêtue d'une robe couleur capucin et d'un manteau bleu à capuchon. Ici, par exception, Marie et sa cousine Elisabeth ont des robes brochées d'or. Le manteau de celle-ci est brun-pourpre, doublé de vert ; un voile blanc enveloppe sa tête, s'étend sur les épaules, mais ne recouvre pas son visage. On reconnait à ces détails la contrée où fût peint ce beau manuscrit. La lettre initiale, qui sert de cadre, est du plus grand effet.

Fol. 13°. L'ASSOMPTION DE LA VIERGE ; 18 c. sur 19.— Belle composition. La Vierge est enlevée au ciel par quatre anges : deux prennent ses pieds, les deux autres semblent la guider dans sa marche aérienne en tenant leurs mains aux épaules. Elle est accompagnée par un cinquième et un sixième anges qui soutiennent au-dessus de sa tête une très-belle couronne d'or, ouverte et fleuronnée.

Fol. 21. L'ASCENSION DE JÉSUS-CHRIST ; 26 c. sur 25.— C'est la peinture la plus importante du manuscrit ; mais elle est fatiguée et presque effacée en plusieurs places. On y compte, comme d'habitude, treize personnages, non compris les deux anges qui volent au-dessus des apôtres. Dans cette peinture, ils portent une banderolle sur laquelle étaient écrits les mots des *Actes*, chap. Ier : « Hommes de Galilée, pourquoi vous arrê- « tez-vous à regarder au ciel ? » Parmi ces figures, on signalera surtout celle de Marie qui occupe la place d'honneur. — Un médaillon symbolique d'Adam et d'Ève, nus, dans le paradis terrestre, est inséré au milieu du montant de cette initiale, la plus grande du livre.

Fol. 28ᵛ. La Résurrection de Lazare; 17 c. sur 20ᵛ.—
Lazare est représenté en acte de prière et vêtu d'une
tunique blanche; au lieu d'avoir « les pieds et les mains
liés de bandes, et le visage couvert d'un linge » : il
est à moitié assis, à moitié à genoux dans le cercueil.
Sa sœur Marie est à genoux devant Jésus-Christ, qui
opère le miracle par le geste de la bénédiction. Le sujet
se compose de cinq personnages. Marthe, sœur de
Marie, soutient Lazare, et l'un des disciples, probablement Thomas, appelé Didyme, accompagne le maître.

Fol. 38ᵒ. Les saints Patrons; 18 c. sur 24ᵒ.—Les pro-
tecteurs célestes du couvent où fut écrit le volume (ou
d'autres saints dont on ne sait pas reconnaître les attri-
buts), portent une église qu'ou ne peut désigner, dans
l'ignorance où l'on est de la provenance exacte du manuscrit. Leurs têtes sont environnées du nimbe qui ne
permet pas d'hésiter sur leur caractère. Le saint, armé
d'un glaive, a le costume espagnol du xvɪᵉ siècle.
L'initiale qui renferme ce sujet est d'une grande richesse. Dans le haut de la lettre, des petits enfants nus,
sans ailes, sont posés sur une guirlande de branchages
(oranger ou laurier).

Fol. 68ᵒ. Saint Jérôme; 24 c. sur 22. — Le miniaturiste s'est complu dans cette peinture. Elle représente
le véritable patron de l'ordre des Hiéronymites, célèbre
par ses austérités, à l'imitation de la vie que Jérôme
menait dans sa solitude; austérités que ces moines
pratiquaient avec une telle rigueur, qu'ils passèrent
longtemps *pour sorciers*. Le Saint est à genoux et tient
à la main le caillou dont il se frappait, dit-on, jusqu'à
ce que le sang sortît avec abondance. Son corps porte
encore les traces des épines sur lesquelles il raconte
lui-même qu'il se roulait tout nu, afin de mater son
corps et de chasser de son esprit le souvenir de ces

séduisantes dames romaines qui avaient troublé sa
jeunesse. Un lion majestueux, son compagnon de solitude, est couché près de lui. A ses pieds est le chapeau
rouge de son prétendu cardinalat, *dignité à laquelle il ne
fut jamais promu.* — Dans le fond de la composition, on
apperçoit la grotte de Bethléem, lieu célèbre par la nais-
sance du Sauveur, et où saint Jérôme fit construire un
couvent et une église qui renfermait la grotte sacrée.
Le peintre a orné l'intérieur de la cavité de quelques
histoires tirées de l'enfance de Jésus-Christ. L'initiale
formant cadre mérite également l'attention.

Fol. 77. Saint Étienne, proto-martyr; 14 c. sur 10.
— Cette peinture, comme les trois suivantes, sont de
plus petites dimensions. La figure est vue à mi-corps
et tient toute l'initiale. Le Saint est couvert d'un riche
habit de diacre, pourpre et or. Ses mains, vues en
raccourci, sont d'un dessin surprenant. Il est représenté à genoux, déjà lapidé; ses yeux sont tournés vers
le ciel et il crie à haute voix : « Seigneur ne leur im-
putez pas ce péché. »

Fol. 78. Saint Sébastien, martyr du IIIe siècle; 15 c.
sur 11. — Suivant la légende, les archers de Dioclétien
décochèrent contre le Saint une telle quantité de flèches, que « son corps sacré ressemblait plutôt à un
hérisson qu'à un homme ». L'artiste a été plus sobre,
et le petit nombre comparatif des flèches qui frappent
saint Sébastien, n'empêche pas d'admirer ce beau
torse. Cette figure est, selon notre opinion, une des
plus remarquables du volume ; celle où le talent du
dessinateur se montre avec le plus de sûreté. Ainsi que
saint Étienne, il est vu à mi-corps et occupe de même
toute l'initiale.

Fol. 81. Sainte Marie-Madeleine ; 14 c. sur 10. —
Coiffure et riche costume espagnols. Elle tient à la

main le vase contenant les parfums qu'elle apporta
pour embaumer le corps de Jésus-Christ.

Fol. 86°. LA VIERGE AU LIVRE; 14 c. sur 11. — La
Vierge, richement habillée, suivant la mode du xvi° siècle, est vue à mi-corps derrière une table chargée de
grenades et d'un *livre fermé* sur lequel repose à plat sa
main gauche : la droite soutient l'Enfant Jésus, montré
nu et debout sur la table. On veut que le livre soit les
Constitutions des Hiéronymites d'Espagne, fondés en 1370.
par Thomas de Sienne du tiers Ordre de Saint-François,
et qui s'occupaient de l'éducation de la jeunesse, *sous
les auspices de l'Enfance de Jésus.*

Évidemment, plusieurs artistes ont travaillé à ce
manuscrit; car toutes les peintures n'ont ni le même
mérite, ni le même esprit dans la composition. Parmi
celles qui ne brillent pas par le dessin. mais dont la
lettre initiale est toujours splendide, nous en citerons
une dont l'interprétation nous échappe, et où des archéo-
logues chrétiens croient reconnaître le *Purgatoire*. Elle
est au folio 33, et ses dimensions portent 22 cent. de
haut sur 18 de large. Des hommes, des femmes et des
enfants sont plongés dans un liquide rose où ils se
lavent, se baignent, boivent et s'agitent en invoquant
les anges qui descendent du ciel et leur tendent une
main secourable. — Au folio 57, l'*Enfant prodigue*
(13 c. sur 9) est habillé à l'espagnole, mode adopté, du
reste, au commencement du xvi° siècle, par la cour de
France et qui venait d'Italie. — Au folio 39, le *Roi
David* (9 c. sur 11) est coiffé d'un turban, tel qu'il était
porté par les Maures avant la prise de Grenade, en
1492. c'est-à-dire moins d'un demi-siècle avant l'exécution de ce LIVRE DE CHŒUR. etc.

2 — ***Feuillets isolés en peau de vélin***, provenant de Livres liturgiques (Missels, Graduels, Antiphonaires), etc., rapportés d'Espagne.

Ces feuillets sont au nombre de 60, et leur poids est de 6 kilog. Ils ont, en général, de 65 à 80 centimètres de haut sur 45 à 55 cent. de large, et tous sont ornés d'une ou de plusieurs grandes lettres initiales, sans personnages, mais riches de couleurs. C'est une question de haute calligraphie plutôt que de peinture. Les 60 feuillets ne contiennent pas moins de 210 à 220 de ces initiales, dont 80 sont rehaussées de longs ornements chevelus : elles sont quelquefois peintes, et toujours enluminées rouge ou blanc. Elles occupent souvent *la page entière*, et offrent des cadres variés à l'infini. L'alphabet *est complet*, dans les deux séries, moins les lettres Y et Z.

L'attention se portera de préférence sur les 27 feuilles numérotées 1, 12, 15, 16, 21, 29, 31, 33, 34, 36, 39, 40 à 46, 48, 50, 52, 54 à 59. Il y a donc, dans cette collection, *qu'il serait bon de conserver réunie*, près de moitié de pages qui forment elles-mêmes exception au milieu de tant de richesses. On verra, feuille 60 et dernière, qu'on s'est arrêté avec l'année 1619. L'or en épaisseur de quelques initiales et les caractères anguleux de l'écriture font remonter, à la fin du XVᵉ siècle, quelques-uns de ces modèles.

Il sera désormais impossible de recomposer une pareille collection où l'on s'est attaché surtout, comme enseignement, à choisir des modèles de plusieurs époques et des produits exclusifs de calligraphie espagnole pure, sans ornements, à côté des pages les plus éclatantes, comme, par exemple, les feuilles 15, 31, 41, 42, 48, 50 et 57, qui brillent par l'or en relief ou posé à plat. C'est la péninsule ibérique, a-t-on dit, qui a fourni tous ces modèles. On pourra s'assurer, par la comparaison des écritures, du parchemin, des initiales, etc., que 40 volumes sont ici représentés. Ils étaient eux-mêmes choisis dans une centaine, au moins, de manuscrits pareils, tous livres liturgiques, et apportés en France à l'époque dont a précédemment parlé, pour y être dépecés à l'usage des batteurs d'or ou des fabricants de colle-forte ! Un tel concours de circonstances ne se rencontrera plus; — du moins, il faut l'espérer pour le repos du Continent.

3 — *Manuscrit en texte flamand,* enrichi de figures richement costumées, d'animaux symboliques, châteaux moyen-âge, fourneaux, cornues, vases à fabriquer des philtres, en un mot tous les éléments d'étude des sciences occultes et de la chiromancie. Ce monument, d'une exécution barbare, surprend par la hardiesse et la variété bizarre de ses conceptions.

Faïences.

4 — Dix-huit assiettes variées en ancienne faïence de différentes fabriques.

5 — Très-beau Plat en faïence de la suite immédiate de Bernard Palissy. La composition représente le Baptême de saint Jean. Émail superbe, rappelant le maître à s'y méprendre.

6 — Surtout de grand développement en faïence décorée en partie de fleurs bleues : fabrique de Nuremberg.

7 — Trois Plats longs faïence de Rouen, décor dit à la Corne; l'un d'eux porte le monogramme Mo. encore innomé.

Porcelaines.

8 — Deux magnifiques Assiettes fabriquées comme échantillons sous l'empereur Kien-Long. Le fond turquoise se trouve quadrillé circulairement de bandes bleu de roi, la rosace du centre présente un décor différent, renfermé dans un cercle d'émaux de couleurs imitant les incrustations de pierres fines; ce même cercle se reproduit avec toute sa richesse à la chute du Marly.

9 — Très-belle boîte à bijoux en porcelaine blanche et rose; dans les cartouches : des sujets de figures rappelant l'École française à l'époque des Watteau et autres maîtres du même genre, une montre en bronze avec; à l'intérieur, une garniture en velours grenat.

10 — Deux Assiettes en porcelaine tendre, d'un décor analogue à celui de certaines faïences des environs de Langres. Nous ne possédons pour guider nos recherches qu'un D cursif dans la pâte, et qui nous semble un assez faible flambeau. Dans tous les cas et jusqu'à preuve du contraire, nous tenons ces deux pièces comme très-rares.

11 — Chocolatière cannelée, enrichie d'or et de roses, avec large collerette disposée en forme de coquilles nuancées de fond rouge-brun sur rouge plus clair. Cette pièce portant pour marque le double V en bleu, paraît sortir de chez Wegel, fondateur de l'usine de Vienne, qu'il céda plus tard à l'Impératrice qui lui donna de sensibles perfectionnements.

12·— Tasse en porcelaine de Sèvres, fond chocolat moucheté; les cartouches de la tasse et de la soucoupe représentant des sujets de chasse en camaïeu rose sur fond tapis clair. De plus elles sont signées toutes deux du décorateur *Blin H. P. Sèvres an III de la République française.*

13 — Sucrier de forme ovale, adhérent à son plateau. Tout en portant la marque de la Courtille et le plus riche décor de cette fabrique, cette pièce offre un caractère qu'il ne nous avait pas été donné de rencontrer jusqu'alors. Ce caractère se traduit par une transparence qu'on ne retrouve que dans les verres laiteux que nous adresse la Bavière.

14 — Deux Boîtes à thé de forme carrée en vieux Japon de différentes couleurs.

15 — Deux magnifiques Vases à fleurs, dits cache-pots, en porcelaine de Prusse, décorés d'oiseaux et de fleurs.

16 — Grand Compotier en porcelaine de Saxe, décoré dans le genre des anciens produits du nord de la Chine : la Corée.

17 — Petit Seau à deux anses en porcelaine mixte, très-vitreuse, décor de pendentifs et guirlandes de fleurs. La bande bleue qui sert d'attache aux guirlandes se trouve dans la partie médiale enrichie de fleurs de lys d'or ; porcelaine indubitablement française, mais d'où?

18 — Petit Vase pharmaceutique en porcelaine de Chantilly pâte tendre. Dans un cartouche formé de deux branches d'oranger aux couleurs très-vives, on lit : *Extraict d'alvès.*

19 — Très-beau Cygne en porcelaine allemande.

20 — Tasse en porcelaine dite à la Reine portant pour marque l'A couronné du comte d'Artois; elle est accompagnée de sa soucoupe. — Tasse à peu près analogue, sans soucoupe, paraissant provenir de l'usine de Limoges. — Salière avec le sigle du général comte de Custine, fondateur de la fabrique de Nidervillers, l'N majuscule cursif; décor d'oiseaux comme les peignait Jarry à la manufacture de faïences d'Aprey et tasse en vieux Saxe, d'un décor brillant et oiseaux, présentant une analogie intime avec les vieux Chine et les vieux Chantilly.

21 — Deux Oiseaux, dits huppes en porcelaine de Saxe.

22 — Deux très-belles Chopes en porcelaine de Danemarck. Le haut des anses intérieurement porte le sigle de la manufacture de Copenhague.

23 — Deux Tasses et Soucoupes en porcelaine de vieux Saxe, provenant du Palais japonais de Dresde, où elles figuraient sous le n° 243.

24 — Grande Garniture octogone en porcelaine de Chine, de la période Chrysantemo-Péonienne. Son décor bleu sur blanc représente des fleurs, des oiseaux, des arbres et le chien de Fo, le tout peint avec ce caractère large et indépendant des peuplades du Nord de la Chine.

25 — Charmant Vidercome en porcelaine, Polychrome à reliefs, enrichi d'un couvercle en vermeil repoussé, de style Louis XIII. Le sujet est puisé dans l'histoire de la fable.

26 — Très-belle Soupière en porcelaine de Berlin, accompagnée de son plateau. Son décor de fleurs et de guirlandes est complété par une statuette en ronde-bosse surmontant le couvercle.

27 — Deux Pots à tabacs munis de leur couvercles en terre laquée rouge, représentant des sujets chinois.

Bronzes.

28 — Deux Feux en bronze de style renaissance. La base d'un excellent goût est surmontée de deux figures drapées du plus gracieux aspect. Patine florentine et dimension des plus commodes.

29 — Très-belle Lanterne en cuivre repoussé, époque Louis XIII.

30 — Compas en cuivre du xvie siècle.

31 — 4 Appliques en cuivre, enrichies de cristaux qui leur servent de pendentifs.

32 — Un très-grand Chandelier hébraïque en cuivre repoussé, avec inscription analogue au sujet : cette pièce, d'un grand développement et effet, reproduit textuellement le fameux flambeau du temple de Salomon à Jérusalem, dit flambeau à sept branches. Ces pièces ne se rencontrent généralement que dans les grands temples, d'où il est très-difficile de les extraire pour en enrichir des collections d'objets d'art.

33 — Deux Flambeaux en étain, époque Louis XIII.

Meubles.

34 — Un Reliquaire en bois sculpté ; cette pièce, d'une très-belle forme, n'est pas moins séduisante par le fini de son travail.

35 — Deux Devants de coffres en bois sculpté de l'époque gothique. l'un d'eux est enrichi de fleurs de lys.

36 — Grande Console Louis XIII en bois sculpté à mufles de Lions et Sculpture d'un grand effet.

37 — Quatre Escabeaux en bois sculpté, travail de Nuremberg, de l'époque Louis XIII.

38 — Deux grandes Chaises en bois sculpté, recouvertes en cuir de Cordoue.

Pendules.

39 — Très-belle Pendule en bois sculpté et doré à guirlandes et ornements Louis XVI.

40 — Pendule astronomique en ébène à colonnes : pièce intéressante, et dont la fabrication ne s'est vulgarisée à aucune époque.

Divers.

Cette série, partant du n° 41 inclusivement, pour se terminer à la fin de la Vente, contient des choses excessivement curieuses qui ne nous sont point encore parvenues et dont nous ne pouvons formuler les définitions à défaut d'éléments suffisants. Le Public amateur et intelligent des Ventes publiques, saura parfaire mieux que nous-même la tâche que nous ne devons pas chercher à remplir au hasard.

41 — Un Lot de Dentelles anciennes.

42 — Fichu en guipure ancienne.

43 — Mouchoir en ancienne guipure.

44 — Grande Composition en cire représentant des personnages d'un modèle et d'un fini remarquables.

45 — Assiette en émail avec bordure d'arabesques et de mascarons de style renaissance. Au centre, le sujet du supplice de Marcyas, en émaux de couleur chair, rehaussés d'or dans un paysage en grisailles.

46 — Vingt Boutons en argent contrôlé, travail à jour.

47 — Petite montre en argent contrôlé.

48 — Boîte en argent contrôlé.

49 — Deux Orfrois du xvie siècle, d'un style extraordinairement pur, figures brodées sur fond de velours violet. Dans le bas, les armes également brodées d'un prince de l'église.

50 — Suite d'Orfrois du xvie siècle, toujours d'une très-remarquable époque, mais dans un assez fâcheux état de conservation, toutefois très-restaurables.

51 — Écran représentant deux pèlerins de Saint-Jacques de Compostel, parvenus aux termes de leur voyage ; petit point et bonne conservation.

52 — Écran Louis XIII, d'une belle composition et un Portrait d'Homme en tapisserie sensiblément fatiguée.

53 — Quatre très-beaux Compotiers en japon bleu, rouge et or. Au centre, un personnage offrant un panier de fleurs à une dame de haut rang ; tout autour, dans le marly disposé sous forme de portiques, des vases de fleurs.

54 — Quatre Compotiers en vieux chine avec émaux roses. Au centre, une mandarine assise, en compagnie d'un petit serviteur qui semble prendre ses ordres ; sur le marly, huit vases en émaux turquoise claire.

55 — Terre cuite italienne du XVII° siècle, d'un haut relief extraordinaire. Elle représente un personnage de la maison de Médicis, d'une grande vérité de caractère. Cette figure a subi quelques fractures insignifiantes, mais aucune restauration qui ait pu en altérer ni l'esprit, ni le sentiment. Quel qu'en puisse être le sort, nous recommandons cette pièce à l'attention des amateurs des choses vraies.

56 — Grand et beau Vitrail représentant un roi d'Orient qui vient offrir des présents à Jésus, représenté probablement par un autre panneau qui nous manque. Ce personnage est environné d'une suite que nous n'étions point habitué de lui connaître : hommes d'armes, pages confidents, en un mot tout ce qui constitue la cour d'un grand souverain, tout cela peint avec une grande noblesse d'idée et un parfait sentiment du sujet.

57 — Très-belle Armoire de petit développement, enrichie de quatre panneaux en bois sculpté, représentant des sujets bibliques de la renaissance; à droite et à gauche se détachent des colonnes à double torse, dont le pied repose sur des bases en saillie d'un très-élégant profil. Le haut présente les mêmes ornements de profils qui règnent d'ailleurs dans toute la partie antérieure comme dans le bas des meubles; de plus, une très-belle frise, avec mascaron au centre, sert à compléter ce gracieux ensemble.

58 — Coffre à bois de fabrication allemande. Cinq panneaux en relief, de style renaissance et finement sculpté séparent quatre autres panneaux rentrants, dont ceux latéraux figurent des musiciens en riches costumes jouant d'instruments à corde ; ceux du milieu sont des figures encadrées dans des enroulements d'un bel effet.

59 — Feuille en porcelaine de Chantilly, pâte tendre. Sur
le plat de cette feuille, trois fruits qui servaient, sur les
tables, à contenir des cœurs de pigeons; ces fruits,
ainsi que les branches qui les relient entre eux, sont de
décor polychrôme. Pièce rare dans les collections
céramiques.

60 — Deux Plateaux d'une richesse et d'une pureté
extrême, en laque du Japon.

61 — Une paire de Candélabres à douze lumières en
bronze ciselé et doré. Le modèle, choisi dans ce que la
période Louis XVI a produit de plus remarquable, ne
laisse rien à désirer quant à l'exécution. La forme,
d'une harmonie parfaite, le fini de tous les détails,
font de cette garniture une chose charmante.

62 — Deux Flambeaux de style vénitien, du XVI⁰ siècle, en
bronze gravé et repercé à jour. Très-belle forme, excellente patine, et surtout beaucoup de hardiesse dans
l'exécution des figures.

63 — Buste de jeune fille, d'un goût exquis et d'une ex-
pression ravissante. Il rappelle les œuvres si goûtées
des Morin et des Clodion. Socle en marbre rouge.

64 — Très-belle Statuette en bronze, sur socle en marbre
rouge : Vénus accroupie; excellente épreuve, parfaite-
ment modelée, d'un grand fini et d'une très-brillante
patine.

65 — Deux Flambeaux triangulaires en bronze argenté;
ils sont ornés de mascarons superbes et reposent sur
trois pieds formés par des griffons.

66 — Deux Flambeaux de style Louis XIV en bronze argenté et occidé, d'une excellente ciselure et d'une très-
belle forme. Les trois bordées d'angles donnent à ce
modèle un cachet qui les classe dans les premiers
rangs de cette époque recherchée.

67 — Deux Statuettes en bronze de la plus belle qualité : les Arts et Vénus Anadiomène. Il serait difficile de rencontrer de meilleurs épreuves des plus belles productions de Jean de Bologne.

68 — Encrier triangulaire formé d'un vase cannelé et dominé par une figurine d'enfant. Sur les angles du socle, dont les faces sont couvertes d'ornements ciselés, trois figures debout sur des dauphins, dont ils semblent diriger la marche.

69 — Deux Flambeaux d'une excellente forme en bronze japonais, patine spéciale, ornements très-saillants et largement ciselés.

70 — Charmante petite lampe de goût antique formée d'une syrène à cheval sur un poisson.

71 — Deux très-beaux vases en bronze japonais; anses à jour et cartouches décorés d'oiseaux, fleurs et fruits.

72 — Deux verres en ancien Bohême gravé.

73 — Deux Bustes en bronze, formant pendants : Henri VIII et la reine Elisabeth.

74 — Buste de Charles-Quint, en bronze, du plus beau fini : Il porte une couronne d'or occidé; sur sa poitrine se développe le collier de la Toison d'or. Comme dans l'antiquité grecque, ses yeux sont en argent. Beau spécimen de l'art français et par un artiste français de premier ordre.

75 — Encrier en bronze formé d'un plateau circulaire supporté par des griffes de tigre; sur le plateau, une figure barbue agenouillée supportant une sphère sur laquelle se dessine le masque radié du Soleil avec semis d'étoiles sur la partie antérieure. Dans cette sphère, et toujours à la partie antérieure, le bec servant à contenir les mèches et les huiles combustibles.

76 — Deux Flambeaux de forme basse supportés par trois enfants assis sur des feuilles disposées en rinceaux, et séparés par des guirlandes de perles. Le haut, formé de trois mascarons en relief d'un excellent goût, dominés par trois petites anses détachées. Composition agréable qui rappelle les œuvres des maîtres de la Renaissance italienne.

77 — Très-beau Bronze de style florentin : Esclave enchaîné, d'un beau style, d'une belle patine et d'un fini qui ne laisse rien à désirer.

78 — Très-petite Figure d'Hercule, d'une charmante qualité ; sur l'épaule droite, il porte une massue, et sous le bras gauche la dépouille du lion de Némée qui vient de grandir la page de ses travaux.

79 — Figurine en bronze d'une grande coquetterie d'exécution : La Tireuse d'épines, d'après les bronzes antiques de la Grèce.

80 — Figurine de Danseur en bronze.

Cette statuette tire son origine des monuments de l'antiquité grecque, où ces sortes de danseurs, recouverts seulement du petit manteau, faisaient les délices de la cour de Périclès et des amateurs de cette époque reculée.

81 — Sous ce numéro les Objets omis.

Brnou et Maulde, imprimeurs de la Compagnie des Commissaires-Priseurs, rue de Rivoli, 144.   3709